rororo

Drei durch dick und dünn

Jörg Hagemann
wurde 1965 in Wolfenbüttel geboren. Er studierte in Braunschweig Deutsche Literatur, Sprache und Geschichte. Sein beruflicher Weg führte ihn als Texter nach München, wo er inzwischen als freier Schriftsteller mit seiner Familie lebt.

Rudi Schedl
wurde 1971 in München geboren. Er absolvierte ein Studium für Kommunikations-Design und Illustration an der Fachhochschule München. Er ist Diplom-Designer und Artdirektor in einer Münchner Werbeagentur und Illustrator.

Jörg Hagemann

Gefährliche Rauchzeichen

Mit Bildern von
Rudi Schedl

Rowohlt Taschenbuch Verlag

Veröffentlicht im Rowohlt Taschenbuch Verlag,
Reinbek bei Hamburg, September 2004

Umschlag- und Innenillustrationen Rudi Schedl
Umschlaggestaltung any.way, Barbara Hanke
Rotfuchs-Comic Jan P. Schniebel

Satz Minion PostScript, QuarkXPress 4.11,
Clausen & Bosse, Leck
Druck und Bindung C. H. Beck, Nördlingen
Printed in Germany
ISBN 3 499 21291 9

INHALT

1 FAHRT INS BLAUE

«Wetten, dass ich zuerst oben bin?», behauptete Turhan und drehte am rechten Griff seines Fahrradlenkers, als könnte er damit Gas geben wie bei einem Motorrad.

«Mmh!», brummte Markus und schaute etwas besorgt den Berg hinauf. Der Weg stieg steil an. Knapp unterhalb des Gipfels konnte man den Turm der Burg Ritterschlag erkennen.

Turhan sah ihn schief an.

«Na los. Komm schon!», forderte er Markus heraus.

Und auch die anderen zwei Freunde, die vor dem großen Tor zum Schlosspark standen, stimmten mit ein: «Ihr könnt ruhig schon losradeln», meinte Maria, während sie ihre langen blonden Haare unter die Schirmmütze stopfte. «Wir kommen dann nach.»

«So schnell wir können!», fügte Karl hinzu. Doch wenn man sich den kleinen, schmalen Jungen so ansah, hatte man den Eindruck, dass bei ihm «schnell» ganz schön lange dauern konnte.

«Muss das denn sein?», versuchte sich Markus herauszureden. «Dass wir Turhan unser Versteck zeigen wollen, ist ja in Ordnung. Aber müssen wir unbedingt ein Rennen daraus machen?»

Er hätte nicht fragen sollen, denn drei Kinder nickten im Takt.

«Du kneifst doch sonst nicht?», meinte Karl.

«Aber ...»

«Nichts da!», rief Maria und klatschte in die Hände. «Achtung, fertig, los!»

Schon war Turhan auf sein Fahrrad gesprungen.

«O Mann!», schimpfte Markus. Doch schon saß er ebenfalls im Sattel und versuchte Turhan einzuholen, der bereits ein paar Meter Vorsprung hatte.

Die beiden waren die besten Radrennfahrer der Schule. Vor ein paar Wochen hatte Markus gegen den türkischen Jungen in einem spannenden Wettkampf nur knapp gewonnen*. Da hatte die Strecke rund um den Burg-Ritterschlag-Turm geführt. Jetzt wollte Turhan natürlich wissen, wer diesmal der Schnellere war.

* Lies nach im Band «Der falsche Verdacht. *Drei durch dick und dünn.*»

Als die beiden im dicht bewaldeten Park der Burg Ritterschlag verschwunden waren, schauten sich Maria und Karl erstaunt an.

«Was ist denn mit Markus los?», fragte Maria.

Karl zuckte nur mit den Schultern.

«Weiß nicht. Vielleicht hat er schlecht geschlafen.»

«Glaub ich nicht. Der ist in letzter Zeit *immer* so komisch. Ist dir das noch nicht aufgefallen?»

«Nö. Man sieht ihn ja so selten. Meistens hat er keine Zeit ...»

«Eben. Das mein ich ja gerade. Wenn du mich fragst, stimmt da was nicht.»

«Meinst du?»

Maria nickte.

Wie sehr sie Recht hatte, sollte sie schneller erfahren, als ihr lieb war.

Maria und Karl waren noch nicht einmal die Hälfte des Berges hinaufgeradelt, da mussten sie abrupt anhalten.

Der Weg wurde von etwas versperrt.

Sie brauchten gleich mehrere Schrecksekunden, bis sie verstanden, was sie da sahen.

Das Erste, was sie bemerkten, war ein Fahrrad, das flach auf dem Boden lag. Dann erkannten sie, dass unter dem Rad jemand lag, dass jemand den Rahmen packte und ihn mit einem lauten Stöhnen beiseite schleuderte.

Der Jemand hatte zwei dicke Schrammen im Gesicht, eine zerfetzte Jacke und ein Loch in der Hose.

Er versuchte sich aufzurappeln, doch im selben Moment wurde er von einem heftigen Husten geschüttelt.

«Maaarkuuus!», riefen Maria und Karl laut aus.

«Öchöh! Öchöh!», antwortete Markus.

Dann verfärbte sich sein Gesicht in ein tiefes Rot und danach in ein aschfahles Blau.

Maria und Karl sahen sich verzweifelt an. So hatten sie ihren Freund noch nie gesehen!

Zuerst wussten sie gar nicht, was sie tun sollten.

Zögernd stiegen sie von ihren Rädern, stellten sie behutsam auf die Ständer und kamen langsam näher.

Markus hatte das Gesicht in den Händen vergraben und hustete vor sich hin, dass er es mit jedem Gewitterdonnern hätte aufnehmen können.

Plötzlich nahm er die Hände weg. Das Husten erstickte. Er riss den Mund auf und schnappte nach Luft.

Dabei lief sein Gesicht immer blauer an.

«Maaarkuuus!», rief Maria entsetzt. «Maaarkuuus, was ist denn los?»

«Nichts!», röchelte er und schnappte wieder nach Luft. «Lasst mich bloß in Ruhe. Öchöh, öchöh! Ihr wolltet doch unbedingt, öchöh, öchöh, dass ich hier raufhetze.»

Dabei atmete er so schwer, dass man Angst haben musste, ihm würde gleich die Luft wegbleiben.

Maria ließ die Schultern hängen. «Aber das habe ich doch nicht gewusst», protestierte sie kleinlaut und schaute verzweifelt zu Karl hinüber.

Der hatte seine Denkermiene aufgesetzt, beobachtete Markus durch ganz schmale Augenschlitze und sagte plötzlich: «Ich glaube, ich hab's!»

Entschlossen ging er auf Markus zu und versetzte ihm einen kräftigen Schlag ins Kreuz.

«Auuuh!», stöhnte Markus saft- und kraftlos.

«Siehst du!», meinte Karl und ließ einen ganzen Hagel von Schlägen auf den Rücken von Markus niederprasseln.

«Siehst du?», wiederholte er. «Es ist halb so schlimm. Er hat sich nur verschluckt.» Und als wollte er Markus auf einen Schlag heilen, versetzte er ihm einen besonders starken Rückenklopfer.

Da geschahen mehrere Dinge gleichzeitig:

Markus hustete laut auf.

Aus seiner Jackentasche fiel ein roter Gegenstand heraus, rollte ihm über den Bauch, über die Hose und landete auf der Erde.

Maria schrie: «Daaa!»

Markus versuchte den Gegenstand zu greifen.

Doch Maria war schneller: Schon hatte sie das rote Etwas gepackt, zog es an sich und sah es mit immer größer werdenden Augen an.

Fassungslos schaute sie auf die rote Schachtel, sah dann erst Markus und danach Karl ins Gesicht.

«Tut mir Leid, Kalli», sagte Maria. «Ich glaube,

diesmal liegst du falsch. Hier, schau nur! Glimmstängel der Marke Röchel extra.»

Und damit öffnete sie die Schachtel, drehte sie auf den Kopf und schüttelte sie kräftig.

Eine Hand voll Zigaretten purzelte heraus und fiel zu Boden.

Markus sah sie wütend an. «Na und?», rief er. «Hast du noch nie ein paar Zigaretten gesehen? Was ist schon dabei?»

Maria warf den Kopf in den Nacken. «Nichts. Gar nichts!», sagte sie schnippisch, ging zurück zu ihrem Fahrrad und stieg auf. «Du kannst ja nachkommen, wenn du deine Raucherlunge durchlüftet hast. Kommst du, Kalli?»

Karl blieb unschlüssig zwischen den beiden Freunden stehen, als wüsste er nicht genau, wo er hingehörte.

Doch Markus nahm ihm die Entscheidung ab.

«Nun hau schon ab!», schimpfte er.

So blieb Karl nichts anderes übrig, als Maria zu folgen und Markus sitzen zu lassen.

Aber wohl war ihm nicht dabei.

Irgendwie fühlte er sich mindestens so elend wie Markus. Und das, obwohl Karl ganz bestimmt keine einzige Zigarette geraucht hatte.

2 RAUCHZEICHEN

Das schlechte Gefühl sollte Karl nicht täuschen, denn irgendwie war auf einmal alles anders.

Zuerst hatte er ein ganz schlechtes Gewissen, weil sie ihren Freund einfach so sitzen gelassen hatten. Aber als sie am Turm der Burg Ritterschlag angekommen waren, musste Karl einsehen, dass es Markus war, der sie sitzen gelassen hatte. Solange sie auch warteten, Markus kam einfach nicht mehr.

Schließlich war ihnen nichts anderes übrig geblieben, als umzukehren. Denn Markus hatte den Schlüssel zum Turm. Ohne ihn konnten sie Turhan ihr Versteck also gar nicht zeigen. So hatten sie unverrichteter Dinge den Weg zurück angetreten.

Turhan hatte sie mit fragendem Blick angeschaut.

Aber Maria hatte ihn nur gewarnt: «Frag nicht!»

Dann war sie wutschnaubend den Weg hinabgedonnert, dass sogar Turhan seine liebe Mühe hatte, ihr zu folgen.

Nein, das schlechte Gefühl täuschte Karl nicht.

Und es sollte sogar noch schlimmer werden, denn am nächsten Tag in der Schule würdigte Markus sie keines Blicks.

Stattdessen tippte im Deutschunterricht jemand Karl auf die Schulter und reichte ihm einen Briefumschlag. «Da, von Markus. Soll ich dir geben!», raunte der Junge.

Als Karl den Umschlag öffnete und darin den Turmschlüssel fand, wusste er, dass die Lage ernst war.

Zum Glück würde die Stunde gleich zu Ende sein.

In der großen Pause konnte er Maria erzählen, was er von der ganzen Sache hielt. Dass sie Markus nie und nimmer hätten im Stich lassen dürfen. Dass sie schöne Freunde seien, die bei der erstbesten Gelegenheit nicht zu ihm hielten. Das und noch viel mehr wollte er Maria sagen.

Aber es sollte ganz anders kommen.

Kaum hatte die Schulglocke geläutet, sprang Markus als Erster von seinem Sitz auf und rannte nach draußen.

Frau Neulich schaute ihm verdutzt nach. Sie wandte sich an Maria und Karl: «Was ist denn mit dem los?», fragte sie. «Ich war doch noch gar nicht fertig.»

Aber Maria griff Karl nur am Arm und zischte: «Komm, los. Ihm nach!»

Und schon stolperte sie mit Karl im Schlepptau an der staunenden Frau Neulich vorbei nach draußen.

Maria riss den Kopf zur einen Seite und schaute den langen Gang hinunter.

Nichts!

Sie riss den Kopf zur anderen Seite und schaute den Gang hinauf.

Nichts!

Wirklich nichts?

Ganz hinten sah sie nur noch, wie ein Bein durch eine Tür verschwand.

«Hinterher!», schrie sie und rannte los.

Sie mussten sich beeilen. Denn jetzt wurden die Türen der anderen Klassenzimmer geöffnet. Ganze Kinderscharen strömten raus auf den Pausengang.

Die letzten Meter wurden zum Hindernislauf. Zwischen lebenden Slalomstangen hindurch rannten sie der Tür entgegen, hinter der Markus verschwunden war.

Maria hatte den Blick fest auf diesen einen Punkt gerichtet. Entschlossen rief sie: «Halt! Hier muss es sein!»

Karl war ziemlich außer Atem gekommen. Obwohl die Lage ernst war, konnte er sich ein Lächeln nicht verkneifen. Er schnaufte: «Na sauber», und zeigte auf das Schild, das auf der Tür angebracht war.

Da stand:

BESENKAMMER

Maria war gar nicht zum Lachen zumute.

«Mist!», schimpfte sie. «Dabei war ich mir doch ganz sicher!»

Wütend umfasste sie die Klinke und drückte sie hinunter.

Mit ganzer Kraft riss sie an der Tür, die sogleich nachgab und aufsprang. Maria wurde von ihrem eigenen Schwung fast umgeworfen.

Mit voller Wucht prallte sie gegen Karl. Der taumelte einen Schritt zurück. Dann hatte er sich gefangen. Er spähte in den dunklen Raum hinein, aus dem ihnen eine graue Rauchwolke entgegenkam.

Karl sog die stickige Luft ein. Wenn ihn seine Nase nicht täuschte, dann waren sie hier goldrichtig.

«Schnell rein!», raunte er. «Bevor jemand was merkt!»

Diesmal war er es, der voranging. Maria folgte ihm auf dem Fuß. Leise schloss sie die Tür hinter sich.

Auf einmal war es, als hätte jemand das Licht ausgeknipst. Es war stockdunkel.

«Und was nun?», flüsterte Maria.

«Immer der Nase nach!», antwortete Karl und tastete sich voran.

Die Besenkammer war ein länglicher, schlauchartiger Raum. Links und rechts von ihnen standen Regale, sodass in der Mitte nur ein enger Gang übrig blieb.

Sie hatten keine Wahl. Wenn sie irgendwie weiterkommen wollten, mussten sie den Gang bis zum Ende gehen.

Je weiter sie im Dunkeln vorantappten, umso beißender wurde der Qualm. Aber von Markus gab es immer noch keine Spur.

Plötzlich zupfte Maria an Karls Ärmel. «Da!», flüsterte sie.

Im selben Moment hatte es Karl selbst gesehen.

Es war nur ein kleiner Funke, der aufglimmte und gleich wieder zu verglühen schien.

Die zwei blieben mit ganz wackeligen Beinen stehen.

Da geschah es noch einmal: Der Funke glimmte auf und verglühte wieder.

Jetzt erst hatte Karl verstanden.

«Puuh!», atmete er tief durch. «Ist doch bloß eine Zigarette!» Laut sagte er: «Markus, bist du's?»

Die Antwort fiel anders aus als erwartet.

«Wer da?», ertönte eine raue Stimme so laut, dass die Regale zu zittern begannen.

Der Funke, der eben noch einmal aufgeglüht war, fiel zu Boden. Das Licht ging an. Und vor ihnen stand ein Junge, der ein solcher Dickwanst war, dass man sich nur wundern konnte, wie er in diesen schmalen Gang passte.

Der Fettkloß sah Maria und Karl geringschätzig an

und fragte: «Wen haben wir denn da? Habt ihr euch verlaufen? Habt wohl eure Eltern verloren, was?»

Das wollte sich Maria nicht bieten lassen. Obwohl ihre Beine immer noch ziemlich wacklig waren, sagte sie trotzig: «Red bloß keinen Stuss. Wir sind Freunde von Markus. Wir sind hier mit ihm verabredet!»

Der Dicke schaute sie misstrauisch an und brummte dann: «Mmh. Freunde von Markus. Na, wollen mal sehen.»

Irgendwie schaffte er es, seinen massigen Körper um die eigene Achse zu drehen. Und da sahen die zwei, dass er vor einer weiteren Tür gestanden hatte. Als er sie öffnete, kam ihnen ein so dichter Qualm entgegen, dass sie zunächst überhaupt nichts erkennen konnten.

Der Raum war hell erleuchtet. Die Gestalten, die sich in ihm versammelt hatten, wirkten in dem dichten Rauch wie Schatten.

Der Dicke betrat schnaufend das Raucherzimmer und zeigte auf die Neuankömmlinge.

«He, alle mal herhören. Kennt jemand die zwei Milchgesichter hier?»

Keiner antwortete.

Der Fettkloß steckte sich eine neue Zigarette an, nahm einen tiefen Zug und meinte: «Komisch. Sie behaupten aber, dass sie mit einem von uns 'ne Verabredung hätten.»

«Mit wem denn?», murmelten einige der Schatten.

Der Dicke nahm noch einen Zug und sagte: «Mit einem, der Markus heißt. Ist der vielleicht hier?»

Niemand meldete sich.

Da wurde es Maria zu bunt. Das Zimmer war zwar ziemlich verräuchert, aber nur wenige Schritte von ihr entfernt hatte sie Markus entdeckt.

«Da ist er ja!», rief sie außer sich aus und zeigte auf den Freund. «Markus, nun sag doch endlich auch mal was!»

Aber Markus tippte sich nur mit dem Zeigefinger an die Brust. «Mich? Meinst du etwa mich? Tut mir Leid, ich kenne keinen Markus. Und dich erst recht nicht.»

Er hob die Schultern und sah den Dicken ratlos an.

«Aber ...!», rief Maria empört.

Weiter kam sie nicht. Denn jetzt machte der Dickwanst Ernst. Grob packte er die beiden Eindringlinge am Arm und zerrte sie hinaus: aus dem Zimmer, durch die ganze Besenkammer und zu guter Letzt auch noch hinaus auf den Pausengang.

Das Ganze ging so schnell, dass Maria und Karl gar nicht wussten, wie ihnen geschah. Wie zwei willenlose Puppen ließen sie sich einfach hinauswerfen.

Mit einem Krachen fiel die Tür hinter ihnen zu, und sie fanden sich auf den harten Fliesen des Gangs wieder.

Als wäre alles nur ein Traum gewesen, rieben sie sich die Augen. Sie schauten auf das Schild, das an der Tür hing, lasen das harmlose Wort «Besenkammer» und konnten nicht glauben, was ihnen eben passiert war.

Erst als sie an Hemd und Hose den kalten Rauch rochen, gab es keinen Zweifel mehr, dass sie mitten in einem neuen Fall gelandet waren.

3 DER PLAN DES PATEN

Mit mürrischem Gesicht kam der Dickwanst ins Raucherzimmer zurückgepoltert. Er warf die Tür hinter sich zu und stemmte die Arme in die Hüften.

«Kann mir mal einer erklären, was das Ganze hier soll?», fragte er. Dabei schaute er Markus so scharf an, dass der einen dicken Kloß im Hals kriegte. Er musste ein paar Mal schlucken, bevor er eine Antwort rausbekam:

«Tut mir Leid. Sie müssen mir gefolgt sein.»

Der Dicke sah so aus, als würde er gleich einen Tobsuchtsanfall bekommen. Mit Müh und Not konnte er sich gerade noch beherrschen und fragte weiter: «Name?»

«Don Zigarillo.»

Der Hüne stampfte ungeduldig mit dem Fuß auf.

«Ich meine nicht deinen Decknamen, sondern deinen richtigen.»

«Markus!», sagte Markus.

«Also hatten die zwei Recht. Du hast sie hierher eingeladen.»

«Nie im Leben!», protestierte Markus. «Ich sage doch, sie müssen mir gefolgt sein.»

Der Blick des Dicken wurde immer durchdringender.

«So wahr ich Don Prahlboro heiße», tönte er, «ich glaube dir kein Wort. Möchte zu gern wissen, was Peter der Pate dazu sagt.»

Wie auf Kommando drehten sich alle um. Dann wurde es ganz still im Raum.

Keiner scharrte mehr mit den Füßen. Niemand spielte mit den Fingern. Und einige verkniffen sich sogar zu atmen.

Alle schauten nur auf die hinterste Ecke des Raumes, wo in einem mächtigen Thronsessel ein schwarz gekleideter Junge saß.

Noch konnte man ihn kaum erkennen. Denn die Ecke war schlecht ausgeleuchtet. Doch schon griff der Junge hinter sich und knipste eine Stehlampe an. Und jetzt konnte man sein Gesicht sehen: die dunklen Augen, das schwarze Haar und den Flaum über den schmalen Lippen, der wohl so etwas wie ein Bart sein sollte.

Peter der Pate räusperte sich und meinte in fiesfreundlichem Ton: «Nuuun denn! Wir werden ja se-

hen, ob der ehrenwerte Don Zigarillo die Wahrheit sagt.»

Und dann machte er eine Pause, um abzuwarten, wie seine Worte wirkten.

Alle hingen gespannt an seinen Lippen.

Der Pate nickte zufrieden und fuhr dann fort: «Ich habe euch nämlich die erfreuliche Mitteilung zu machen, dass wir heute Nacht eine neue Lieferung erwarten.»

Ein freudiges Gemurmel ging durch den Raum.

Peter lehnte sich selbstgefällig zurück und schwieg eine kurze Weile. Dann breitete er die Arme aus, und die Stimmen verstummten wieder.

«Aber, meine Lieben!», säuselte er. «Es soll sich keiner beklagen, dass er Mitglied der Raffia ist. Unser Vorrat an Zigaretten ist in letzter Zeit wahrlich zur Neige gegangen. Damit ist nun Schluss. Morgen früh nach der Lieferung können wir unsere Vorräte auffüllen. Wie sage ich doch immer? Die Raffia sorgt für uns alle!»

Angestrengt von seiner Rede, ließ sich Peter in den Sessel sinken.

Alle waren schwer beeindruckt. Die Aussicht auf neue Zigaretten machte sie jetzt schon schwindlig.

Nur einer wagte etwas zu sagen: «Mmh! Entschuldigung, allerehrenwertester Pate. Was hat die Lieferung denn mit Don Zigarillo zu tun?» Es war der Dicke, der gesprochen hatte.

Der Pate machte sich gar nicht erst die Mühe, sich noch einmal in seinem Sessel aufzurichten. Mit mitleidigem Blick erwiderte er: «Mein lieber Don Prahlboro! Das liegt doch wohl auf der Hand. Der ehrenwerte Don Zigarillo wird die Lieferung in Empfang nehmen. Bei dieser Gelegenheit kann er uns beweisen, wie ehrlich er es mit der Raffia meint.» Und mit einer leichten Hebung der Stimme fügte er hinzu: «Nicht wahr, Don Zigarillo? Das willst du doch?»

Markus war wie betäubt von dem, was er da gehört hatte. Noch nie hatte der Pate zu ihm gesprochen. Und auf einmal wollte der ihn sogar mit zur Lieferung nehmen. Und die war das Geheimste, Ehrenwerteste, woran ein Mitglied der Raffia je teilnehmen konnte.

«Es ist mir eine große Ehre!», antwortete Markus verblüfft.

Der Pate schien es kaum mehr zu hören. Er schaute nur auf die Uhr, sah, dass die große Pause bald zu Ende war, und meinte: «So, ihr Lieben. Nun seid so gut und kehrt zurück in eure Klassenzimmer.» Kraftlos klatschte er in die Hände. Dann schien er sich noch einmal zu besinnen und meinte: «Ach ja, bevor ich's vergesse. Die ehrenwerten Don Prahlboro und Don Davizoff bleiben bitte noch ein Weilchen hier.»

Und darauf sackte er völlig in sich zusammen.

Wer aber genau hinsah, hätte bemerken können, dass er jede Regung im Zimmer mit scharfem, wachem Blick beobachtete.

Kaum hatten die anderen Kinder das Raucherzimmer verlassen, richtete sich Peter abrupt auf.

Als hätte ihn etwas gestochen, sprang er aus seinem Sessel auf und begann wie wild im Raum herumzurennen.

Die beiden Jungen, die im Zimmer geblieben waren, schauten ihn mit großen Augen an.

Ihr Anführer war wie verwandelt.

War er eben noch die Freundlichkeit in Person gewesen, so wurde er jetzt zum Fiesling. Das ständige Lächeln war aus seinem Gesicht verschwunden. Sein Kopf war rot angelaufen. Er schnaubte vor Wut, baute sich vor dem Fettkloß auf und brüllte, dass die Wände wackelten: «Wie oft habe ich dir erklärt, dass du nicht Hinz und Kunz hier reinlassen sollst. Wie oft, heee?»

Der Dicke wurde mit einem Mal ganz klein. Er beeilte sich zu antworten: «Sehr oft, Boss. Sehr oft.»

«Oft genug, würde ich sagen», polterte der Pate weiter. «Die ganze Sache mit der Raffia funktioniert nämlich nur, wenn alle mitspielen. Verstanden?»

Don Prahlboro blieb nichts anderes übrig, als zu nicken.

Allmählich beruhigte sich der Pate wieder. Er ging noch ein paar Mal auf und ab und wandte sich schließlich dem anderen Jungen zu.

«Und nun zu dir, Don Davizoff!», sagte er mit so schneidender Stimme, dass der andere zusammenzuckte. «Erklär unserem ahnungslosen Freund hier mal, wer wirklich hinter Don Zigarillo steckt.»

Der Junge nahm die graue Schirmmütze ab, die er bisher getragen hatte, und strich sich durch seine schwarzen Haare:

«Ganz einfach», begann er. «Hinter unserem sauberen Herrn Don Zigarillo steckt kein anderer als Markus ...»

«Weiß ich schon ...», brummte der Hüne.

Der andere nahm auch noch die Sonnenbrille ab, die er trotz des schummrigen Lichts die ganze Zeit auf der Nase gehabt hatte, und sagte selbstsicher: «Aber weißt du auch, dass dieser Markus ein stadtbekannter Schnüffler ist? Weißt du auch, dass er mit seinen Kumpanen bisher Fälle gelöst hat, hinter die noch nicht mal die Polizei gekommen ist?»

Als würde ein unsichtbarer Sturm durchs Zimmer blasen, geriet der massige Kerl ins Wanken.

«Woher willst du das wissen?», fragte er atemlos.

Der andere lachte bitter und zeigte auf seine Brille und die Mütze. «Was glaubst du wohl, wozu ich hier die ganze Maskerade mache? Damit er mich nicht erkennt! Mein richtiger Name ist nämlich nicht Don Davizoff, sondern Torben. Und ich kenne Markus schon lange. Ich war sogar mal sein bester Freund. Bis die anderen zwei kamen. Die kennst du auch

schon. Maria und Karl. Du hast sie uns vorhin ja unbedingt vorstellen müssen.»

Der Dicke wankte immer mehr. Ungläubig schaute er zu seinem Boss hinüber.

Doch der nickte nur. «Es ist genau so, wie Torben sagt. Die drei können uns alles vermasseln. Die Sache mit den angeblichen Lieferungen. Das Geschäft mit den Zigaretten. Und das große Geld. Einfach alles!»

Don Prahlboro knickte völlig in sich zusammen. Erschöpft ließ er sich in den Sessel fallen. Er schaffte es gerade noch zu fragen: «Aber was sollen wir denn tun? Dieser Verräter hat uns doch in der Hand. Wenn er will, kann er uns jederzeit an die Polizei ausliefern!»

Da lachte der Pate laut auf. «Das», grölte er, «werden wir verhindern. Wenn heute Nacht alles so läuft, wie ich es mir vorstelle, werden wir ihn nämlich ausliefern. Und nicht er uns.»

Ein kleiner Hoffnungsschimmer zeigte sich auf dem Gesicht des Dicken.

«Wie willst du das anstellen?», fragte er.

Wieder ließ der Pate sein fieses Lachen hören, bevor er antwortete: «Ganz einfach. Wir bestellen ihn für zwölf Uhr nachts zum Treffpunkt. Bei dieser Lieferung ist er geliefert.»

Und dann erklärte er den zwei Komplizen seinen Plan – den gemeinen geheimen Plan des Paten.

4 GELIEFERT!

Als kurz vor Mitternacht der Wecker klingelte, hatte Markus nicht eine Sekunde geschlafen. Tausend Dinge waren ihm durch den Kopf gegangen: War es nicht merkwürdig, dass man zu nachtschlafender Zeit eine Lieferung erhielt? Warum konnte man sie nicht tagsüber bekommen? Schließlich kam die Post ja auch nicht nachts!

Markus fand keine Antwort. Also beschloss er zu schlafen. Aber das ging nicht so leicht. Als Nächstes dachte er daran, was ihm der Pate ungefähr tausendmal gesagt hatte: dass außer den Mitgliedern der Raffia niemand etwas von der Lieferung erfahren dürfe.

Pah!, pustete Markus in sein Kopfkissen. Wem sollte er schon etwas davon verraten? Maria und Karl vielleicht? Die gingen ihm in letzter Zeit schon genug auf die Nerven. Denen würde er bestimmt nichts erzählen.

Er würde dichthalten. So viel war sicher. Nicht so sicher schien ihm, ob er auch alles richtig machen würde, was der Pate von ihm verlangte. Zum Glück erinnerte er sich daran, dass er nicht gerade ein Angsthase war. Wie oft hatte er Maria und Karl schon seinen Mut bewiesen? Also würde es für diese blöde Lieferung erst recht reichen.

Der Gedanke beruhigte ihn. Und fast wäre er eingeschlafen, wenn ihm nicht etwas durch den Kopf gespukt wäre. Und das war, dass er jetzt schon zweimal an seine zwei Freunde gedacht hatte. Er fragte sich, warum das so war und ob sie überhaupt noch seine Freunde waren. Er wusste es nicht so genau. Und irgendwie beunruhigte ihn das noch mehr. Deshalb beschloss er, lieber noch einmal an die Lieferung zu denken. War es nicht merkwürdig, dass man zu nachtschlafender Zeit eine Lieferung erhielt?

Markus schreckte hoch.

Seine Gedanken drehten sich im Kreis.

Konnte er sie nicht einfach abstellen?

Im selben Moment klingelte der Wecker.

«Wenigstens den kann ich abstellen», murmelte er vor sich hin und quälte sich aus dem Bett.

Leise zog er sich an.

Dann öffnete er seine Zimmertür vorsichtig einen Spaltbreit.

Das Licht auf dem Flur war aus. Seine Eltern waren wohl schon ins Bett gegangen. Erleichtert atmete er durch. Vorsichtig trat er aus seinem Zimmer und wollte sich gerade davonschleichen, da hörte er ein lautes, mehrstimmiges Lachen.

Erst jetzt sah er, dass im Wohnzimmer noch Licht brannte. Die Eltern hatten Besuch. Vermutlich spielten sie Karten wie sonst auch immer.

Vorsichtig tastete er sich den Weg zurück in sein Zimmer. Jetzt musste Plan B in Kraft treten. Wenn seine Eltern noch auf waren, bestand immer die Gefahr, dass sie noch einmal nach ihm sahen, bevor sie ins Bett gingen.

Also stopfte Markus schnell ein paar Klamotten unter die Bettdecke. Er setzte seinem Fußball die alte Perücke auf, die er einmal im Sperrmüll gefunden hatte. Das Ganze legte er so unter die Decke, dass gerade noch die falschen Haare herausschauten.

Dann betrachtete er sein Werk. «Wie gut, dass ich der Perücke die Haare gestutzt habe», dachte er. Denn mit dem Stoppelschnitt hätte man den verkleideten Fußball wirklich für seinen Kopf halten können.

Beruhigt öffnete er das Fenster und schaute hinab.

Die Mülltonne, die er heute Abend dort platziert hatte, stand noch da. Er war wirklich auf alles vorbereitet. Wozu hatte er sich überhaupt die ganzen Gedanken gemacht?

Als er den Fuß auf die Tonne setzte und gleich darauf festen Boden unter den Füßen hatte, war er sich in einem ganz sicher: Er würde dem Paten schon zeigen, dass man mit einem Markus rechnen konnte!

«Da bist du ja endlich!», sagte der Pate mürrisch, als Markus den Treffpunkt erreicht hatte. «Wir dachten schon, du würdest kneifen.»

«Ich kneife nie!», entgegnete Markus. «Es ist mir nur was dazwischengekommen. Meine Eltern waren noch wach. Da musste ich durchs Fenster klettern.»

«Ist ja schon gut», lenkte der Pate ein. «Wir müssen sowieso noch warten.»

«Worauf denn?», fragte Markus forsch.

Aber der Pate antwortete nicht. Er winkte nur ab und meinte: «Wirst du schon sehen.»

«Genau», meldete sich auch Don Prahlboro zu Wort. «Frag nicht so viel!»

Und damit zogen sie sich in die Hofeinfahrt zurück, vor der sie sich verabredet hatten. Die drei Jungen mussten nicht lange warten, denn schon zeichnete sich im Mondschein ein dunkler Schatten ab, der langsam näher kam.

Eine vermummte Gestalt sah sich ein paar Mal

misstrauisch um, bevor sie zielstrebig auf die Hofeinfahrt zuging.

Als sie die drei Jungen erreicht hatte, flüsterte sie: «'tschuldigung. Ging nicht früher. Mein Alter hat die Schlüssel nicht an den Haken gehängt. Ich hab gesucht wie ein Blöder!»

«Und? Hast du sie gefunden?» Obwohl er ebenfalls flüsterte, konnte man die Aufregung in der Stimme des Paten hören.

Die Gestalt griff in die Jackentasche.

«Klaro! Hier sind sie!»

Atemlos vor Spannung sah Markus, wie der Vermummte dem Paten zwei Schlüssel reichte. Was hatte das zu bedeuten? Ein mulmiges Gefühl kreiste in seinem Bauch herum. Er wusste, dass hier irgendwas verkehrt lief. Sie sollten doch eine Lieferung erhalten. Wozu brauchten sie dann Schlüssel?

Als könnte der Pate im fragenden Gesicht von Markus lesen, sagte er: «Dann kann's ja losgehen!»

Er drehte sich um, nahm einen der Schlüssel in die rechte Hand und steckte ihn in das Schloss des Hoftores. Vorsichtig drehte er den Schlüssel herum. Das Tor sprang auf, und schon schubste er Markus durch die schmale Öffnung in einen großen Innenhof.

Das mulmige Gefühl im Bauch von Markus wurde immer stärker. Das, was sie hier taten, war bestimmt

verboten, schoss es ihm durch den Kopf. Er wollte etwas sagen, aber schon waren der Pate und Don Prahlboro nachgekommen. Auch die vermummte Gestalt war durch das Tor geschlüpft und zeigte auf die Tür in der Rückwand eines großen Gebäudes.

Wortlos ging der Vermummte quer über den Innenhof. Der Pate folgte ihm auf dem Fuß. Und als sie das Gebäude erreicht hatten, steckte er auch hier einen Schlüssel ins Schloss und öffnete die Tür.

Auf Zehenspitzen huschten die zwei durch den

Eingang. Don Prahlboro packte Markus am Arm und zog ihn hinter sich her.

Um Markus herum wurde alles tiefschwarze Finsternis. Draußen hatte wenigstens noch der Mond geschienen. Hier drinnen konnte man nicht mal mehr die Hand vor Augen erkennen!

Panik stieg in ihm hoch. Er wusste nicht, wo er war und was er hier sollte. Er wusste nur, dass dies die dümmste Sache war, auf die er sich je eingelassen hatte.

Trotzdem traute er sich kein einziges Wort zu sagen. Die anderen sprachen ja auch nicht. So tappte er nur hinter Don Prahlboro her, der ihn mit eiserner Hand immer tiefer in dieses dunkle Loch hineinführte.

Es kam ihm vor, als würde er in eine Höhle treten, aus der es keinen Ausweg gab. Am liebsten wäre er umgekehrt. «Und wenn sie mich tausendmal für einen Schisser halten», sagte er zu sich selbst, «noch zehn Schritte, dann reiße ich mich los und haue einfach ab!»

Aber dann dachte er daran, wie tief er schon in diesem dunklen Schlamassel steckte und dass er hier alleine nie wieder herausfinden würde.

Plötzlich blinkte für eine Sekunde eine Taschenlampe auf.

Eine Stimme rief: «Zigarettenpause!»

Der Hüne löste seinen Griff.

«Frei», war das Erste, was Markus dachte. Doch dann merkte er, wie er auf einmal ganz alleine in diesem Dunkel war.

Viel zu spät erinnerte er sich daran, was das Wort «Zigarettenpause» bedeutete.

War es nicht das verabredete Zeichen, dass irgendetwas bei der Lieferung schief gegangen war?

Hatten sie nicht oft genug darüber gesprochen? Und sollten nicht alle so schnell wie möglich verschwinden, wenn einer von ihnen es rief?

Markus war wie gelähmt. Ihm war, als würde er in Zeitlupe denken. Wie benommen hörte er die raschen Schritte, die sich von ihm entfernten. Er nahm wahr, wie eine Tür geöffnet wurde und wieder zufiel und ein Schlüssel im Schloss zweimal umgedreht wurde.

Dann war um ihn herum nicht nur alles dunkel, sondern auch totenstill.

Mitten in diese Stille hörte Markus seine eigene bebende Stimme sagen: «Hallo? Ist da wer?»

Aber da war niemand. Markus war verraten und verlassen.

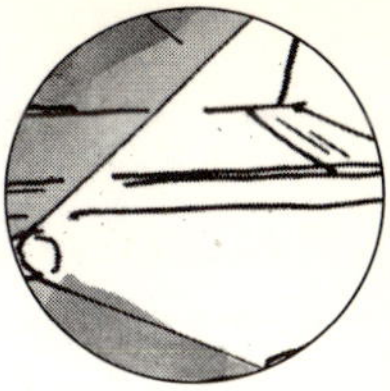

5 LICHT IM DUNKEL

Markus drehte sich nach links. Er drehte sich nach rechts, nach vorne und nach hinten. Doch sosehr er auch in diese Dunkelheit hineinspähte, er konnte einfach nichts erkennen. Es war hoffnungslos. Er drehte sich im Kreis. Inzwischen hatte er schon völlig die Orientierung verloren. Wo war noch gleich die Tür, durch die sie gekommen waren?

Er wusste es nicht mehr. Sollte er stehen bleiben oder ein paar Schritte wagen? Er hatte keinen Plan. Und noch viel weniger hätte er sagen können, in welche Richtung er sich bewegen sollte!

Markus hatte ganz schweißnasse Hände. Er wollte sie sich gerade an der Hose abwischen, da ertastete er etwas in einer seiner Taschen. Das Etwas hatte eine runde, längliche Form. Er musste es aus reiner Gewohnheit eingesteckt haben, denn immer wenn er mit Maria und Karl unterwegs war, gehörte dieser Gegenstand zu seiner Ausrüstung.

Ohne nachzudenken, holte er die Taschenlampe hervor und knipste sie an.

Ein heller Strahl durchdrang den Raum.

Markus ließ den Lichtkegel über die Wände wandern. Der Raum mochte in etwa so groß sein wie die Pausenhalle in der Schule. Erschrocken bemerkte er, dass es hier gar keine Fenster gab. War etwa der Eingang, durch den sie gekommen waren, der einzige Weg nach draußen? Der Strahl huschte weiter. Erleichtert stellte Markus fest, dass sich auf der gegenüberliegenden Seite eine große Flügeltür befand.

Wenn es überhaupt noch einen weiteren Ausgang aus dieser Dunkelkammer gab, dann musste er ihn hinter jener Tür suchen!

Ohne zu zögern, ging er darauf zu. Angst stieg in ihm auf, dass sie verschlossen sein könnte. So merkte er auch nicht, wie er an lauter Regalen vorbeikam und sich neben ihm Kartons und Kisten stapelten. Er dachte nicht darüber nach, wo er sich eigentlich befand. Er bahnte sich nur seinen Weg zur Flügeltür, wollte einfach raus aus diesem Gefängnis.

Endlich hatte er die Tür erreicht. Seine Hand umfasste die Klinke des linken Türflügels. Er drückte sie runter. Sein Herz setzte für einen Schlag aus. Das Schloss rastete ein. Die Tür blieb zu!

Markus atmete tief durch. Mutlos legte sich seine

Hand auf die Klinke des anderen Flügels. Er musste sich erst einen Ruck geben, dann drückte er auch sie nieder. Sofort spürte er, wie der Riegel zurückschnappte, wie das Schloss aufsprang und mit ihr die Tür. Der Weg aus dem Gefängnis war frei!

Doch wo führte er hin?

Markus traute sich noch nicht, ganz durch die Tür zu gehen. Zuerst schickte er einen Strahl seiner Taschenlampe voran.

Der Schreck kam ohne Vorwarnung.

Wie eine unsichtbare Hand griff er ihn am Nacken und ließ ihn nicht mehr los.

Er hätte alles erwartet, nur das nicht!

Sofort knipste er die Lampe aus.

Wie in einem fürchterlichen Albtraum stieß er die Tür ganz auf und betrat den Raum.

Durch die großen Fenster drang das fahle Mondlicht nach drinnen.

Markus wusste sofort, wo er sich befand.

Zu oft war er mit seinen Eltern hier gewesen.

Auf unerklärliche Weise war er in den großen Supermarkt geraten, in dem sie immer einkauften.

Er sah die Warenregale. Er hörte das Surren der Tiefkühltruhen.

Er drehte sich um und las auf dem Schild der Flügeltür die Worte:

WARENLAGER
ZUTRITT VERBOTEN!

Tausend Gedanken schossen ihm durch den Kopf. Dummerweise kamen sie alle gleichzeitig, sodass er kaum einen richtig fassen konnte.

Nur eines schien ihm sonnenklar, obwohl doch tiefste Nacht war: Ohne Hilfe würde er hier nicht wieder rauskommen!

6 DRAHTSEILAKT

Maria konnte schlecht schlafen. Die ganze Zeit hatte sie darüber nachgegrübelt, was bloß mit Markus los war. Warum er seinen Namen verleugnet hatte, warum er vorgegeben hatte, dass er sie und Karl nicht kannte.

Trotzig hatte sie sich in die Kissen geworfen.

«Vermutlich ist sein Kopf vom vielen Qualmen ganz vernebelte», hatte sie vor sich hin geschimpft.

Dann war sie doch irgendwie eingeschlummert.

Viel zu früh schreckte sie der Wecker aus dem Schlaf auf. Benommen rieb sie sich die Augen und wunderte sich.

Draußen war es noch dunkel!

Warum klingelte dann der Wecker?

Schlaftrunken versuchte sie ihn auszustellen.

Aber es bimmelte immer weiter.

Da merkte sie, dass es gar nicht der Wecker war.

Es war das Telefon, das diesen Krach machte.

Es lag auf dem Nachttisch. Sie musste sich erst daran gewöhnen, dass sie es überhaupt hatte. Ihre Eltern hatten ihr das Handy erst vor kurzem gekauft. Da ihnen das Bankhaus Fünfziger & Co. gehörte, hatten sie wenig Zeit für ihre Tochter. Da wollten sie wenigstens immer erreichbar sein.

«Ja, bitte?», meldete sich Maria.

Plötzlich war sie hellwach.

Am anderen Ende der Leitung war Markus!

«Weißt du, wie spät es ist?», fragte Maria.

Dann sagte sie lange Zeit kein Wort mehr. Sie hörte nur zu. Und je länger sie das tat, umso klarer wurde ihr, dass sich ihr Freund in höchster Not befand.

Noch während Markus erzählte, klemmte Maria sich das Handy zwischen Schulter und Ohr. Hastig begann sie sich anzuziehen.

Und als sie Markus kleinlaut fragen hörte: «Kannst du mir helfen?», antwortete sie: «Bin schon unterwegs!»

Es war fast zwei Uhr nachts, als Maria den Supermarkt erreichte.

Vor dem Eingang blieb sie stehen und versuchte sich zu erinnern, was ihr Markus gesagt hatte:

«Vor dem Haupttor rechts, dann links und um das Gebäude herum.»

Sie nickte entschlossen und tat, worum Markus sie gebeten hatte.

Kaum war sie an der Rückseite des Supermarkts angekommen, da hörte sie einen schrillen Pfiff.

So konnte nur einer pfeifen!

Jetzt erst schien sie zu glauben, was ihr Markus am Telefon erzählt hatte. Und als sie den Kopf hob und eine Etage höher schaute, da wusste sie endgültig, dass jede Silbe stimmte.

Dort oben, im zweiten Stock des Gebäudes, entdeckte sie Markus! Sein Kopf schaute aus einem der Fenster, er hatte es geöffnet und winkte sie zu sich herüber.

«Hast du das Seil?», raunte er zu ihr runter.

«Was denkst du denn?», flüsterte Maria zurück.

Sie kramte ein dickes Tau aus ihrem Rucksack hervor, machte eine Schlaufe und hängte einen eisernen Haken ein. Dann warf sie das Seil nach oben.

Der Haken schlug gegen den Fensterrahmen. Markus wollte ihn fassen, aber er griff daneben. Mit einem klirrenden Geräusch fiel der Haken wieder nach unten.

Maria gefror das Blut in den Adern. Wenn sie so weitermachte, weckte sie noch die halbe Stadt auf.

«Nur Mut!», rief Markus. «Versuch es nochmal!»

«Witzbold!», zischte Maria. «Meinst du, ich lass dich hier einfach sitzen?»

Diesmal ließ sie das Seil wie ein Lasso über dem Kopf kreisen. Der Haken surrte durch die Luft und landete so punktgenau im Fenster, dass er Markus fast erwischt hätte.

«Treffer!», jubelte Markus und griff nach dem Seil. Mutig kletterte er aus dem Fenster und klemmte den Haken an der Dachrinne fest.

Maria wurde allein vom Zusehen schwindlig. Wenn sie nicht gewusst hätte, dass Markus ein guter Kletterer war, dann hätte sie sich nie und nimmer auf dieses Spiel eingelassen.

Doch Markus war selbst vorsichtig genug. Sorgfältig prüfte er, ob die Dachrinne sein Gewicht tragen würde. Erst als sie trotz allem Zerren und Ziehen um keinen Millimeter nachgab, war er zufrieden. Er setzte sich auf den Fenstersims, umfasste das Seil mit der rechten Hand und rutschte langsam vom Fensterbrett herunter.

Sofort fanden seine Füße an dem Tau Halt. Er hatte es oft geübt. Wenn er das Seil so zwischen die Beine klemmte, hätte er fast freihändig klettern können.

Aber das war ja gar nicht nötig. Schließlich brauchte er nur eine freie Hand für das, was er nun vorhatte!

Er schaffte es mit links, das Fenster hinter sich zu schließen. Eine Sekunde dachte er daran, dass es natürlich nicht ganz zu war. Von innen würde man merken, dass es nicht wirklich verriegelt war. Wahrscheinlich würde man sich nichts dabei denken. Schließlich hatte er alle Spuren beseitigt.

Als wollte er mit der Nummer im Zirkus auftreten, rutschte Markus das Seil hinunter.

«Vorsichtig!», wollte Maria rufen. Aber sie biss sich gerade noch auf die Lippen. Markus sollte nicht denken, dass sie sich um ihn Sorgen machte.

Wortlos nahm sie ihn unten in Empfang. Sie umfasste das Seilende. Dann machte sie eine Handbewegung, als wollte sie es zum Dach des Gebäudes hinaufwerfen. Dabei hielt sie es aber fest umklammert. So durchlief das Seil eine Welle, die in Blitzeseile die Dachrinne erreichte und den Haken löste.

Mit einem lauten Klirren fiel er zu Boden.

Maria und Markus bückten sich gleichzeitig, um den Haken aufzuheben.

Ihre Blicke kreuzten sich.

Sie hörten, wie schwer sie atmeten. Und da wurde ihnen klar, in welch brenzliger Lage sie sich befunden hatten.

Markus aber spürte noch etwas anderes. Irgendwie

fühlte er, wie sehr sich Maria um ihn gesorgt hatte, auch wenn sie es nicht zeigen wollte.

Er sah in ihre aufgerissenen Augen, hörte ihren Atem und wusste es einfach.

Dankbar reichte er ihr die Hände.

Maria schlug ein und war sich im selben Moment ebenfalls einer Sache ganz sicher.

Markus würde das Gleiche auch für sie tun. Trotz ihres Streits. Wenn sie ihn brauchen würde, wäre er da.

Und das war ein so unheimlich gutes Gefühl, dass sie gar nichts sagen konnte.

Aber das machte nichts. Es war nachts um halb drei. Da war keine Zeit für viele Worte.

Doch die Zeit würde kommen.

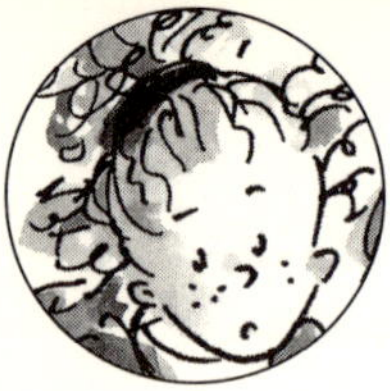

7 DER TAG DANACH

Die Sonne blitzte durch die Turmfenster. Die drei hatten sich nach der Schule in ihr Versteck zurückgezogen. Eine aufgeregte Stimme drang durch die Fenster nach draußen.

Aber da war niemand.

Und so konnte keiner auch nur ein Wörtchen von ihrer Geheimbesprechung mitbekommen.

«... und dann», sagte Markus, «habe ich zum Glück gemerkt, dass über dem Supermarkt noch ein paar Räume sind. Ich also die Treppe rauf. Und da war doch tatsächlich eine Bürotür nicht abgeschlossen. Ich vorsichtig reingeschaut, ob nicht doch noch jemand da ist. Man weiß ja nie. War aber keiner drinnen. Na ja. Ich nichts wie rein und das Fenster geöffnet. Und da wäre ich fast aus den Latschen gekippt ...»

Maria und Karl sahen ihn gespannt an.

«Na, nun sag schon!», drängelte Karl.

Markus holte tief Luft.

«Es ging mindestens fünf Meter steil runter. Ohne Netz und doppelten Boden. Und weit und breit nichts, woran man hätte runterklettern können. Einfach nur senkrecht. Freier Fall, versteht ihr?»

Die beiden Freunde nickten.

Markus fuhr fort: «Dann hab ich das Telefon gefunden. Den Rest kennt ihr ja. Zum Glück hatte ich mir schon die Nummer von Marias Handy gemerkt. Und Maria hat mich gerettet.»

Dankbar sah er Maria an.

Der war das irgendwie unangenehm.

«Ach, halb so wild!», wehrte sie ab. «Aber wie du von da ganz oben runtergeklettert bist, das war echt zirkusreif!»

«Meinst du wirklich?», freute sich Markus und grinste übers ganze Gesicht.

«Wenn ich's doch sage!», lachte auch Maria.

Nur Karls Gesicht blieb wie versteinert.

Maria und Markus sahen ihn an und prusteten los.

«He, nun freu dich doch auch mal!», johlte Markus.

«Genau!», rief Maria. «Immerhin haben wir wieder einen Fall überstanden!»

Doch Karl zog nur die Stirn kraus.

Schließlich sagte er: «Nichts da. Der Fall ist noch

lange nicht gelöst. Wenn ihr mich fragt, fängt er jetzt erst richtig an!»

«Warum?», fragten Maria und Markus im Duett.

Karl machte eine Miene, als wunderte er sich, dass die zwei nicht von selbst draufkamen.

«Warum? Warum? Warum?», sagte er. «Warum zum Beispiel ist ausgerechnet Markus im Warenlager zurückgeblieben?»

«Du stellst Fragen!», rief Markus. «Weil ich die Parole vergessen hatte zum Beispiel!»

«Und warum bist du dann nicht einfach zu der Tür wieder rausgegangen, durch die du gekommen bist? Du hättest sie mit deiner Taschenlampe doch ganz einfach gefunden!»

«Warum? Warum? Warum?», meinte jetzt Markus. «Weil sie zu war, natürlich!»

«Aha! Sie war also zu?», sagte Karl auf einmal ganz leise. «War sie abgeschlossen, oder was?»

«Klar war sie abgeschlossen!»

«Woher willst du das wissen?»

«Weil jemand zugeschlossen hat. Das hab ich doch gehört. In der Dunkelheit hätte man eine Stecknadel fallen hören können!»

Karl sah ihn nur scharf an.

Ansonsten sagte er gar nichts mehr.

Denn er konnte beobachten, wie es im Kopf von Markus arbeitete.

«Du meinst …», flüsterte er.

Karl nickte.

«Du meinst, es war der Pate, der mich eingesperrt hat?»

«Er, Don Prahlboro oder der Vermummte. Wer denn sonst?»

«Aber warum?», rief Markus.

Karl schlug sich mit der Faust in die flache Hand.

«Siehst du! Jetzt bist du endlich auch so weit. Das

müssen wir unbedingt rauskriegen. Aber das ist nicht die einzige Frage. Es gibt nämlich noch andere!»

Ohne zu warten, dass irgendwer was sagte, erklärte er: «Woher kommt der Schlüssel zum Supermarkt? Den findet man doch nicht auf der Straße! Wer ist der Vermummte? Und was steckt hinter diesen ganzen Lieferungen, bei der die Raffia ihre Zigaretten bekommt? Kann mir das einer verraten?»

Maria und Markus schauten betreten zu Boden.

Sie wussten keine Antwort. Sie wussten nur, dass Karl tatsächlich Recht hatte: Der Fall war noch lange nicht gelöst.

«Aber wie», fragte Maria, «sollen wir da denn bloß dahinter kommen?»

«Ja, wie?», meinte auch Markus. «Ich kann doch wohl schlecht zum Paten hingehen und ihn fragen!»

Karl warf ihm einen nachdenklichen Blick zu.

Er hatte wieder mal tiefe Denkerfalten auf der Stirn. Was das zu bedeuten hatte, wussten seine Freunde ganz genau. Deshalb warteten sie nur gespannt ab, was sich Karl wohl ausdachte.

«Warum eigentlich nicht?», brach Karl endlich das Schweigen. «Es kommt nur darauf an, wie du ihn fragst. Dann sagt er dir schon alles.»

Markus sah Karl an, als wäre der verrückt geworden.

«Dazu musstest du so lange überlegen?», fragte er. «Ich kann doch nie im Leben zu denen zurück. Außerdem denken die bestimmt, dass mich die Polizei verhaftet hat.»

Karl lächelte listig.

«Ganz genau. Und das machen wir uns zunutze. Ich weiß auch schon wie.»

Markus schloss genervt die Augen.

«Nur wenn du dich traust, natürlich!», fügte Karl hinzu, und sein Lächeln wurde immer verschmitzter.

«Natürlich trau ich mich!», platzte es aus Markus heraus.

«Gut!», rief Karl, holte tief Luft und begann zu erzählen …

8 IN DER HÖHLE DES LÖWEN

Als Markus am nächsten Tag in der Schule vor der Besenkammer stand, wurde ihm ganz schön mulmig.

Von der großen Pause waren schon fünf Minuten um, und er befand sich immer noch hier draußen auf dem Gang. Maria und Karl beobachteten ihn aus sicherer Entfernung. Denn von nun an mussten sie vorsichtig sein: Niemand durfte sie zusammen sehen. Sonst geriet ihr ganzer Plan in Gefahr!

Trotzdem steckte Maria jetzt den Kopf aus ihrem Versteck hervor und blinzelte zu Markus hinüber.

Der schien kurz zu überlegen, wozu er mehr Mut brauchte: die Besenkammer zu betreten oder vor Maria einzugestehen, dass er sich nicht traute.

«Ich geh ja schon!», brummte er und öffnete widerwillig die Tür.

Sofort kam ihm der wohl bekannte kalte Rauch entgegen.

Diesmal fand er ihn richtig eklig. Vor ein paar Tagen hatte er sich noch gefreut, wenn ihm der Qualm in die Nase stieg. Dann hatte er gewusst, dass er sich bald eine Zigarette anstecken konnte.

Aber heute hatten die Schwaden etwas Gefährliches. Sie kamen ihm vor wie der Rauch eines erstickten Feuers, das jederzeit wieder ausbrechen konnte.

«Wer da!», rief eine nur allzu bekannte Stimme.

Jetzt gab es kein Zurück mehr.

«Ich bin's. Don Zigarillo!», antwortete Markus mutig.

Die drei schnellen Schritte, die er auf Don Prahlboro zumachte, kamen ihm irgendwie vor wie eine Flucht nach vorn.

Der Fettkloß sah Markus misstrauisch an.

«Wen haben wir denn da?», meinte er. «Da wird sich der Pate aber freuen.»

Ohne eine Antwort abzuwarten, stieß er die Tür zum Raucherzimmer auf. Er packte Markus am Arm und schubste ihn hinein – rein in die Höhle des Löwen. Sofort wurde es still. Eine trügerische Ruhe füllte den Raum.

In diese Stille hinein hörte man ein gekünsteltes Husten.

Unzählige paffende Schüler drehten sich wie auf Befehl um.

«Da bist du ja wieder!», sagte der Pate und erhob sich von seinem Sessel. Mit gequälter Stimme fügte er hinzu: «Welch eine Freude! Wir dachten schon, wir hätten dich verloren.»

Markus bahnte sich mühsam den Weg durchs Zimmer bis zum Paten.

Er blieb so nah vor dem Anführer stehen, dass er den Schrecken sehen konnte, der dem anderen ins Gesicht geschrieben stand.

«Konntest du etwa entkommen?», fragte der Pate, ohne zu bemerken, dass er sich damit fast verriet.

«Vor wem entkommen?», bohrte Markus weiter.

Der Pate schluckte. Er hatte seinen Fehler bemerkt. Schnell versuchte er sich herauszureden. «Vor der Polizei natürlich. Wir haben sie doch kommen hören. Deshalb mussten wir ja Alarm geben.»

Markus dachte kurz nach. Ihm war klar, dass der Pate log. Da war keine Polizei gekommen, das wusste er genau. Das Ganze war eine Falle gewesen, sonst nichts. Am liebsten hätte er es dem Anführer der Raffia mitten ins Gesicht gesagt. Er musste sich richtig zusammenreißen, dass er es nicht tat. Aber dann hätte er nie herausgefunden, warum es der Pate auf ihn abgesehen hatte.

Nein, wenn sie den Fall lösen wollten, musste sich Markus an ihren Plan halten.

«Du hast Recht», gab er scheinbar nach. «Die Polizei war keine Minute später da. Es gelang mir nicht mal mehr, mich zu verstecken. So schnell ging alles.»

Markus konnte beobachten, wie der Pate zuerst ungläubig guckte. Aber dann löste sich seine ganze Anspannung. Mit Müh und Not konnte er seine Freude verbergen, als er rief: «Sie haben dich also geschnappt?»

Markus nickte.

«Dann bist du selbst schuld!», schimpfte der Anführer. «Wenn du auf das Signal gehört hättest, wäre dir das nicht passiert.»

Markus ballte die Fäuste in der Hosentasche zusammen. Plan hin oder her, die Schuld wollte er sich nicht auch noch in die Schuhe schieben lassen.

«Und wenn ihr die Tür nicht zugesperrt hättet, dann wäre ich auch noch entkommen!», rief er.

«Aah!» und «Ooh!» schallte es durch den Raum.

Diesmal war es Peter, der die Fäuste ballte.

«Willst du damit etwa sagen, dass ...»

Er kam nicht weiter. Markus unterbrach ihn ganz einfach. «Gar nichts will ich sagen. Aber zumindest hatte keiner von euch den Mut, auf mich zu warten. Ihr habt euch vor Angst wohl in die Hosen gemacht.»

Der Pate knirschte mit den Zähnen.

«Sag das nochmal, wenn du Mut hast!», zischte er.

«Mut?», wiederholte Markus. «Glaubst du wirklich, ich fürchte mich vor dir? Wo ich doch das Verhör bei der Polizei überstanden habe?»

Peter zuckte zusammen.

«Verhör?», sagte er mit einem leichten Zittern in der Stimme. «Was hast du denen denn erzählt?»

Endlich hatte Markus seinen Widersacher da, wo er ihn haben wollte. Stolz erklärte er: «Nichts. Denkst du, ich würde euch verraten?»

«Aber was hast du dann gesagt?»

Markus ließ den Anführer ein wenig zappeln. Dann antwortete er: «Ich sag es dir ... unter einer Bedingung.»

«Welcher?»

«Unter der Bedingung, dass ich bei der nächsten Lieferung wieder mit dabei bin.»

Der Pate atmete schwer. Er schien mit sich zu kämpfen. Am Ende war seine Neugier stärker. Gequält stieß er hervor: «Einverstanden. Nun erzähl endlich!»

Doch Markus war noch nicht zufrieden.

«Hand drauf?», forderte er. «Vor Zeugen versprochen wird niemals gebrochen?»

Feierlich reichte er Peter die Hand.

«Ja doch!», rief der ungeduldig. «Nun red schon!»

Mit einem lauten Klatschen schlug er ein.

Markus atmete tief durch. Jetzt kam es darauf an, ob Karls Plan gut genug war.

«Ganz einfach», begann er. «Ich hab ihnen erzählt, dass ich nach Ladenschluss eingesperrt wurde und gerade versucht habe, über das Warenlager hinauszukommen. Das ist alles.»

«Und das haben sie dir geglaubt?», rief der Pate ungläubig.

«Na klar», erwiderte Markus. «Es gab ja keine Spuren für einen Einbruch. Wie hätte ich denn sonst reinkommen sollen?»

Der Pate sah Markus lange an. Doch der hielt dem Blick des Anführers stand.

Schließlich geschah etwas, womit Markus in seinen kühnsten Träumen nicht gerechnet hätte.

Der Pate reichte ihm noch einmal die Hand und sagte nur ein Wort: «Respekt!»

Dann drehte er sich um und nahm wieder in seinem Sessel Platz.

Als wäre die Audienz eines Königs beendet, begannen alle Schüler im Raum zu tuscheln. Manche klopften Markus auf die Schulter, andere boten ihm eine Zigarette an, wieder andere gaben ihm Feuer.

Widerwillig nahm er einen tiefen Zug. Er wusste nicht, warum: Aber irgendwie schmeckte ihm der blaue Dunst nicht mehr. Was ihm dafür richtig schmeckte, war Karls Plan. Denn der war erste Klasse.

«Respekt!», murmelte er vor sich hin. Und dabei dachte er an seinen schmächtigen Freund, dem er in der nächsten Stunde das verabredete Zeichen geben würde, dass alles nach Plan lief.

9 DER FALSCHE VERBÜNDETE

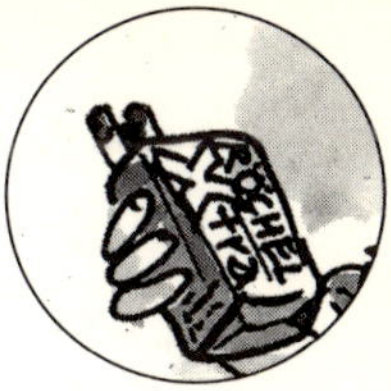

Ja. Ist gut. Verstehe!», flüsterte Karl ins Telefon, als würde ihre Leitung abgehört.

Tagelang war nichts passiert.

Maria und Karl hatten in ihrem Versteck gesessen und gewartet, dass irgendwas geschah. Doch nachdem Markus ihnen das verabredete Zeichen gegeben hatte, war jede weitere Meldung von ihm ausgeblieben. Ab und zu hatte er ihnen in der Schule ein paar verstohlene Blicke zugeworfen. Mehr nicht. Denn jedes Wort, das sie miteinander sprachen, hätte gefährlich werden können.

Dann endlich hatte das Telefon geklingelt. Karl war vom Sofa aufgesprungen und zum Apparat gerannt. Am anderen Ende der Leitung hatte sich eine aufgeregte Stimme gemeldet: Markus!

«Heute Nacht um elf», wiederholte Karl. «Verstanden. Wir sind da. Ja, mit Verstärkung. Keine Sorge!»

Dann legte er auf.

Maria sah ihn gespannt an.

«Nun mach schon. Was hat er gesagt?», wollte sie wissen.

Karl zog die Augenbrauen hoch.

«Es gibt eine gute und eine schlechte Nachricht», erklärte er. «Zuerst die gute: Der Pate hat eine neue Lieferung angekündigt. Und nun die schlechte: Das Ganze soll schon heute über die Bühne gehen. Genauer gesagt, heute Nacht. Wir haben also wenig Zeit.»

«Zu wie vielen sind sie denn?», fragte Maria.

«Zu viert, hat Markus gesagt. Wie beim letzten Mal. Der Pate, Don Prahlboro und Markus. Vermutlich kommt wieder der unbekannte Vermummte dazu.»

Maria runzelte die Stirn. «Wen schlägst du als Verstärkung vor?»

Karl fackelte nicht lange. Er nahm den Telefonhörer zur Hand. Während er die erste Nummer wählte, antwortete er: «Dieselben, die uns schon ein paar Mal geholfen haben. Max, Einstein, Fabian und ...»

«Und?», fragte Maria.

Am anderen Ende der Leitung schien sich jemand gemeldet zu haben.

«... Torben», sprach Karl in die Muschel. «Bist du's? Hör gut zu. Wir brauchen deine Hilfe.»

Und dann berichtete er Torben haargenau, was geschehen war.

Keine Stunde später stand Karl vor der großen Schiefertafel im Turmzimmer und erklärte Max, Einstein, Fabian und Torben seinen Plan.

«Das hier ist der Supermarkt», sagte er und zeigte auf ein großes Rechteck, das er an die Tafel gemalt hatte.

«Und hier, durch dieses Tor, kommen die Diebe in den Innenhof. Dann gehen sie quer drüber und dringen durch die Hintertür ein.»

Er sah die anderen an, ob sie auch alles verstanden hatten.

Keiner hatte eine Frage. Also schien alles klar zu sein.

Karl fuhr fort: «Wir brauchen nichts anderes zu tun, als ihnen den Rückweg zu versperren. Dazu warten wir einfach, bis sie im Supermarkt verschwunden sind. Dann folgen wir ihnen in den Innenhof. Wenn sie wieder rauskommen, nehmen wir sie hops.»

Torben hatte alles auf einem kleinen Block mitgeschrieben. Jetzt blickte er auf und brummte: «Wenn sie sich so einfach hopsnehmen lassen!»

Karl lächelte verschmitzt. «Sie werden schon müssen», erklärte er bereitwillig. «Erstens sind wir zu sechst. Zweitens haben wir außerdem noch Markus im Rücken. Und drittens hab wir uns noch was ganz Besonderes einfallen lassen.»

Torben sah ihn aufmerksam an.

«Und?», fragte er. «Darf man vielleicht wissen, worum es sich dabei handelt?»

«Du bist aber ganz schön neugierig!», mischte sich Maria ein.

Torbens Antwort kam prompt: «Na und? Wenn ihr wollt, dass wir euch helfen, müsst ihr uns schon sagen, was Sache ist.» Hilfe suchend sah er sich um. «Oder was meint ihr?»

Er wurde nicht enttäuscht.

«Das ist ja wohl das Mindeste», bestätigte Fabian.

«Ich mag keine Aufgaben, bei denen ich nicht alle Unbekannten kenne», meinte Einstein, der nicht nur der Klassenbeste in Mathe war, sondern auch oft in Rätseln redete.

Und ein dicker Junge namens Max fügte gewichtig hinzu: «Nun stellt euch bloß nicht so an. Was ich nicht weiß, lohnt nicht den Fleiß!»

Stolz auf seine Wortspielerei, schaute er sich um. Aber diesmal war keinem nach Lachen zumute.

Stattdessen sagte Karl ernst: «Also gut. Wenn ihr's unbedingt wissen wollt. Maria sag du's ihnen!»

«Von mir aus», meinte Maria genervt und kramte aus ihrem Rucksack einen silbrigen Gegenstand hervor. «Das hier», erklärte sie, «ist eine Fotokamera, mit der man auch nachts klasse Bilder machen kann. Die hat nämlich einen extrastarken Blitz. Wenn also die Diebe aus dem Supermarkt rauskommen, machen wir einfach klick! Und schon brauchen sie gar nicht mehr abzuhauen. Wir haben ja schließlich den Beweis!»

Torben hatte fast jedes Wort mitgeschrieben.

«Alle Achtung», sagte er. «Dann kann ja nichts mehr schief gehen!»

Er klappte seinen Block zu und erkundigte sich: «Sonst noch was? Oder war's das?»

Karl warf ihm einen misstrauischen Blick zu.

«Du hast es aber eilig», meinte er.

«Ich will auch noch einiges vorbereiten. Oder glaubst du etwa, dass ich nachts um elf einfach so raus kann? Das muss doch geplant werden.»

«Und wir dachten», erwiderte Maria, «ihr könntet eure Eltern fragen, ob ihr hier auf Burg Ritterschlag übernachten dürft. Das haben wir schließlich schon oft getan. Und nie hatte einer was dagegen.»

«Au ja!», rief Max. «Da ruf ich gleich zu Hause an. Meine Eltern erlauben das bestimmt.»

«Kommt gar nicht in die Tüte», widersprach Torben. «Ich muss heute nochmal dringend heim. Schularbeiten machen.»

Die anderen lachten.

«Die machst du doch sonst auch nicht!», grinste Einstein.

Da wurde Torben richtig ungemütlich: «Na und? Ist doch meine Sache! Vielleicht hab ich gerade Stress mit meinen Eltern! Vielleicht krieg ich kein Taschengeld mehr, wenn ich in der Schule nicht besser werde!» Wütend stopfte er seinen Notizblock in

die Tasche und sagte: «Ich jedenfalls mach jetzt die Biege. Heute Abend um zehn bin ich wieder da. Dann hol ich euch ab. Oder reicht das etwa nicht?»

Keiner antwortete. Alle wunderten sich nur.

«Na, macht nichts!», schimpfte Torben. «Keine Antwort ist auch 'ne Antwort. Also bis später!»

Und damit dampfte er die Wendeltreppe hinunter und ab nach draußen.

«Was ist denn in den gefahren?», fragte Maria, als sie sich von ihrem Schrecken erholt hatte.

Karl schaute sie nachdenklich an. «Wenn ich das nur wüsste», meinte er.

Und tief in seine Grübeleien versunken, ging er zu einem der Turmfenster und schaute nach unten, wo er den heftig schnaufenden Torben vor dem Eingangstor stehen sah.

10 VERRATEN UND VERKAUFT

Torben wusste, was er zu tun hatte.

Erst mal steckte er sich eine Zigarette an und nahm einen tiefen Zug.

Während er den blauen Dunst ausstieß, schaute er den Turm hinauf.

«Sollen die da oben doch warten, bis sie schwarz werden!», sprach er leise vor sich hin. «Ich hab was Besseres vor.»

Plötzlich zuckte er zusammen.

Hatte er da oben am Fenster nicht einen Schatten gesehen? War es möglich, dass man ihn beobachtete?

Schnell warf er die Zigarette zu Boden und trat sie aus.

Man konnte nie wissen! Maria war ein schlaues Biest. Und auch Karl durfte man auf keinen Fall unterschätzen. Der sah immer aus, als könnte er kein Wässerchen trüben. Und dann platzte er mit einem

Plan aus dem Dunkeln, dass einem Hören und Sehen verging.

Hastig machte sich Torben auf den Weg.

Er packte sein Rad, schwang sich auf den Sattel und fuhr mit Vollkaracho den Berg hinunter. Er spürte, wie der kalte Wind ihm gut tat und seine Gedanken klar machte.

Er versuchte sich zu erinnern: Wie war das nochmal mit der Falle, in die sie den Paten locken wollten? Vor welcher Tür hatten sie vor, ihm aufzulauern? Vor der zum Innenhof oder der zum Lager?

Torben wusste es nicht mehr genau.

Zum Glück hatte er alles fein säuberlich mitgeschrieben.

Er freute sich schon jetzt, wenn er nur daran dachte, wie er alles dem Paten berichten würde.

Peter der Pate war zufrieden. Sehr zufrieden.

Er klopfte Torben auf die Schulter und reichte ihm eine Packung Röchel extra.

«Da, für dich!», meinte er gönnerhaft. «Und wenn wir die anderen erst richtig reingelegt haben, kriegst du noch mehr. Mindestens zehn Schachteln. Die hast du dir verdient.»

Torben steckte sich lässig eine Zigarette in den Mund.

Aus den Mundwinkeln heraus sagte er: «Halb so wild, Boss. Die haben mir alles erzählt, was ich hören wollte. War das reinste Kinderspiel.»

Der Pate grinste, dass man seine gelben Zähne sehen konnte.

«Und sie haben wirklich nichts gemerkt?», erkundigte er sich.

«Gar nichts. Rein gar nichts!», beteuerte Torben. «Die ahnen nicht im Geringsten, was ihnen heute Nacht blüht.»

«Gut. Sehr gut!», meinte der Pate, und auf einmal wandelte sich sein Grinsen zu einer fiesen Grimasse. «Dann werden wir es diesem Verräter von Markus so richtig heimzahlen. Der wird eine Lektion erhalten, die er nie mehr vergisst.»

Mit einem gemeinen Lachen ging er zur Tür des Raucherzimmers. Er öffnete sie und winkte den Dicken zu sich, der draußen Schmiere gestanden hatte.

«Don Prahlboro, reinkommen!», befahl er.

Der große Kerl gehorchte aufs Wort. Er sah, dass sein Anführer ungeduldig war. Da war es besser, wenn man nicht widersprach.

Der Pate wartete kaum, bis Don Prahlboro die Tür hinter sich geschlossen hatte.

«Prahlboro», sagte er mit schneidender Stimme, «wir brauchen bis heute Abend zehn Mann, auf die wir uns total verlassen können. Kannst du die besorgen?»

Der Hüne sah ihn erschrocken an.

«Was ist denn los?», erkundigte er sich.

«Kannst du nun oder kannst du nicht?», schnauzte ihn der Pate an.

Da beeilte sich Don Prahlboro zu antworten: «Na klar, kann ich! Nichts leichter als das!»

Der Pate sah seinen Komplizen schräg an. «Wirklich?»

«Klaro!»

Der Blick des Paten wurde immer schräger, als er fragte: «Und kannst du auch zwanzig?»

Der Hüne grinste. «Klar kann ich. Aber nun sag mir endlich, worum es eigentlich geht!» «Gleich», meinte der Anführer. Denn er musste sich erst eine Zigarette anzünden. Er nahm einen tiefen Zug, verdrehte wie blöd die Augen und begann: «Es ist nämlich so. Wir haben einen Verräter unter uns.»

Dem Hünen wurde ganz anders.

«Wer?», fragte er schnell.

«Dreimal darfst du raten.»

Don Prahlboro nickte nur.

Dann sagte er mehr, als dass er fragte: «Da werden wir wohl einen zum zweiten Mal reinlegen!?!»

Und diesmal war es der Pate, der nickte.

11 UMZINGELT, UMZINGELT!

Die Kirchturmuhr hatte gerade elfmal geschlagen. Vier gebückte Gestalten huschten durch die Nacht.

«Da sind sie!», raunte Karl und zeigte mit der Hand auf die Schatten, die sich vor einer weißen Wand abzeichneten. Die dunklen Gestalten schlichen die Mauer entlang, die den Hof des Supermarkts umschloss. Ab und zu sahen sie sich um. Aber das Versteck, aus dem sie Karl beobachtete, war so weit entfernt, dass sie ihn nicht entdecken konnten.

Torben, Max, Fabian und Einstein reckten die Köpfe hinter dem schützenden Baumstamm hervor.

So konnten sie sehen, wie die Schatten vor einer schweren Eisentür stehen blieben, daran herumhantierten und wenig später dahinter verschwanden.

Karl wartete eine kurze Weile, bis er das Kommando gab: «Ihnen nach!», flüsterte er und hob den Arm.

Er wollte gerade hinter dem Baum hervorspringen, da hielt ihn jemand am Ärmel zurück.

Es war Torben.

«Halt!», sagte er. «Wir sind doch noch gar nicht vollzählig. Müssen wir nicht auf Maria warten?»

Karl sah ihn durchdringend an.

«Maria kommt nicht», antwortete er zerknirscht. «Die hat was anderes vor!»

«Was denn?», fragte Torben schnell. Zu schnell!

Karls Blick wurde immer stechender.

«Geht dich nichts an!», antwortete er.

Und damit riss er sich los und spurtete über den großen Parkplatz, auf dem tagsüber immer ein Auto neben dem anderen stand. Doch nachts war er leer, sodass Karl nirgends Deckung fand.

So schnell ihn seine Beine trugen, rannte er der Eisentür entgegen. Als er sie erreicht hatte, musste er erst mal kräftig durchpusten. Trotzdem zögerte er keine Sekunde und drehte sich sofort nach den anderen um.

Sie waren ihm gefolgt. Als Erster kam Fabian neben ihm an. Dann folgten Einstein und Max. Nur Torben ließ sich verdächtig viel Zeit. Er stolperte nur so über den Parkplatz. Genau in der Mitte brachte er es sogar fertig, stehen zu bleiben und sich die Schuhe zu binden.

Als er endlich bei den anderen angekommen war, schaute er unschuldig drein und meinte: «Bin halt nicht so in Form wie ihr!» Missmutig vergrub er die Hände in den Taschen.

Karl wandte ihm die kalte Schulter zu. Er hatte Wichtigeres zu tun, als sich über Torben zu ärgern.

Entschlossen umfasste er die Klinke und öffnete die Tür.

Durch einen schmalen Spalt schaute er in den großen Innenhof des Supermarkts.

«Die Luft ist rein», flüsterte er und drückte die Tür gerade so weit auf, dass er hindurchpasste.

Die anderen folgten ihm auf dem Fuß. Einer nach dem anderen zwängte sich durch die schmale Öffnung hindurch.

Als der Letzte die Tür hinter sich geschlossen hatte, war Karl schon einen ganzen Schritt weiter. Er hatte die Lage längst überschaut und zeigte schräg über den Hof.

«Da hinüber», flüsterte er. «Seht ihr? Dort hinten befindet sich der Eingang zum Warenlager.»

Die Jungen wussten, was sie zu tun hatten. Auf leisen Sohlen schlichen sie über den Hof.

Es war ein gruseliges Bild: Im fahlen Licht des Mondes warfen sie lange Schatten, die sie wie gespenstische Wesen vor sich herzutreiben schienen.

Die Kirchturmuhr schlug Viertel nach elf.

Der Glockenschlag war kaum verklungen, da hatten sie die Tür erreicht.

Im selben Augenblick wurde die Klinke wie von Geisterhand hinuntergedrückt.

Den Freunden lief ein kalter Schauer über den Rücken.

Als Erster hatte sich Karl von seinem Schrecken erholt. Schneller als alle anderen hatte er verstanden, dass es sich nicht um einen Geist handeln konnte.

«Sie kommen!», raunte er und zückte den Fotoapparat.

Schon wurde die Tür aufgestoßen.

Karl hielt die Kamera vors Gesicht.

Ein greller Blitz zuckte durch die Nacht.

Drei schwarze Gestalten zeichneten sich in der Türöffnung ab.

Ein lautes Lachen ertönte.

«Das wird ja ein nettes Bildchen!», grölte einer.

«Schade, dass man keinen drauf erkennen kann», johlte ein anderer. Beide waren sie von Kopf bis Fuß vermummt. Und auch der dritte Einbrecher hatte eine Kapuze über den Kopf gezogen. Durch zwei schmale Schlitze sah man seine Augen blitzen. Er ging einfach auf Karl zu.

«Keinen Schritt weiter!», rief der schmächtige

Junge und stellte sich auf die Zehenspitzen, damit er wenigstens etwas größer wirkte. «Immerhin sind wir zu sechst und ihr nur zu dritt.»

Der Einbrecher schien sich für einen Moment einschüchtern zu lassen. Er zögerte kurz. Aber schon lachte er wieder und tönte: «Irrtum! Erstens seid ihr nur zu fünft. Euer Komplize zumindest wird euch kaum mehr helfen.»

Der Kerl schien der Anführer der Bande zu sein.

Denn er machte nur eine schroffe Armbewegung, und die anderen zwei Vermummten zerrten einen gefesselten und geknebelten Jungen aus dem Lager hervor. Unsanft stießen sie ihn vor Karl zu Boden.

«Maarkuuus!», riefen Karl, Max, Fabian und Einstein entsetzt.

«Ruhe!», brüllte der Anführer der Bande. «Ich bin noch nicht fertig. Zweitens, sage ich, zweitens ist unser Komplize nicht so ein Versager wie eurer. Nicht wahr, Torben?»

«Genau, Boss!», lachte Torben und stieß Karl unsanft in die Seite. «Platz da!», schimpfte er. Mit ausgefahrenen Ellenbogen drängte er sich an seinen ehemaligen Freunden vorbei und stellte sich mit breitem Grinsen neben den Vermummten auf.

Der Anführer der Bande klopfte Torben auf die Schulter.

Für Karl dagegen hatte er nur Spott übrig: «Ihr seht also, Widerstand ist zwecklos.»

«Wir sind immer noch vier gegen vier», wehrte sich Karl.

Wieder ließ der Einbrecher seine fiese Lache hören.

«Irrtum! Nochmal Irrtum! Ihr seid wirklich total verblödet. Denkt ihr etwa, Profis wie wir lassen sich von ein paar halben Portionen wie euch einschüchtern?» Und damit krempelte er seine Kapuze hoch, steckte zwei Finger in den Mund und ließ einen lauten Pfiff ertönen.

Sogleich wurde das Hoftor aufgestoßen, und eine Horde schwarz gekleideter Kerle zwängte sich hindurch.

Karl fuhr entsetzt herum.

Verzweifelt versuchte er sie zu zählen.

Irgendwann bei zwanzig hörte er auf. Es waren einfach zu viele!

Sie saßen in der Falle. Sie waren umzingelt!

12 MAUERSPIEL

Peter der Pate musste sich erst mal eine Zigarette anzünden.

Als die Verstärkung eingetroffen war, hatte er sich endlich getraut, seine Kapuze abzunehmen. Nun stand er siegessicher vor Karl und blies ihm den Qualm mitten ins Gesicht.

Karl musste husten.

Das machte den Paten nur noch fröhlicher. Nur mühsam konnte er sich ein lautes Lachen verkneifen. Seine Stimme überschlug sich fast, als er sagte: «Und so ein Weichei wie du wollte uns in die Falle locken! Na, willst du auch eine Zigarette, Weichei?»

Zur Kostprobe pustete er Karl noch einmal eine blaue Dunstwolke entgegen.

Diesmal konnte Karl das Husten gerade noch unterdrücken.

Zur Überraschung des Paten antwortete er selbstbewusst: «Dir wird das Lachen schon vergehen! Ihr habt uns zwar umzingelt. Aber in der Falle sitzt ihr doch!»

Der Pate hätte fast seine Zigarette verschluckt. Er schaute Karl an, als hätte der plötzlich den Verstand verloren.

«Bist du noch ganz dicht?», fragte er. «Wir haben euch mit mehr als zwanzig Mann umzingelt. Einer von euch liegt gefesselt am Boden. Und du willst uns in der Falle haben? Dass ich nicht lache!»

Unter seinen Komplizen war ein beifälliges Gemurmel zu hören. Doch Karl ließ sich nicht einschüchtern.

«Dafür wissen wir, wie ihr an eure Zigaretten gekommen seid. Eure so genannten Lieferungen waren nichts anderes als gemeiner Diebstahl.»

Der Pate nahm einen genüsslichen Zug.

«Hört, hört!», grinste er. «Und wie willst du das beweisen?»

«Da gibt's nicht viel zu beweisen. Ihr habt euch ja selbst verraten.» Karl zeigte auf die Stangen Zigaretten, die Don Prahlboro unterm Arm hatte.

«Nix da!», erwiderte der Pate. «Diese Zigaretten sind der Beweis, dass ihr die Diebe seid. Wir werden euch nämlich jetzt hier einsperren und die Polizei rufen. Diesmal werdet ihr nicht mehr so leicht davonkommen wie dieser Verräter hier!»

Er zeigte auf Markus, der immer noch am Boden kauerte. Als der den Anführer der Raffia so reden hörte, zappelte er wie wild mit den Beinen. Aber es nützte nichts, die Stricke saßen einfach zu fest.

«Wenn hier einer ein Verräter ist», sagte Karl anstelle des geknebelten Freundes, «dann ist es Torben. Nur dass der noch gar nicht weiß, wen er alles verraten hat.»

«Na, wen wohl?», prahlte Torben. «Euch natürlich!»

Die Einbrecher lachten wild durcheinander.

Karl blieb vollkommen ungerührt.

«Ich hab euch schon mal gesagt, dass euch das Lachen noch vergehen wird», meinte er. «Dass Torben uns verraten wollte, wussten wir schon lange!»

Plötzlich wurde es so totenstill wie auf einem Friedhof.

Die Turmuhr schlug halb zwölf.

Der Pate rang nach Luft.

«Wie, was? Woher wollt ihr das gewusst haben?»

«Er hat es uns selbst verraten!»

Der Pate fuhr herum.

«Was hast du?», schnauzte er Torben an.

Doch der schüttelte nur heftig den Kopf.

«Gib dir keine Mühe», meinte Karl und kramte in seiner Jackentasche. «Er hat es uns natürlich nicht gesagt. Trotzdem hat er es uns irgendwie wissen lassen!»

Er reichte dem Paten einen kleinen, verkokelten Stummel.

Bevor der Anführer der Bande etwas sagen konnte, machte Karl schon weiter: «Ein Zigarettenstummel der Marke Röchel extra», erklärte er. «Die hat Torben heute vor unserem Turm geraucht. Ich hab ihn dabei beobachtet. Und weil er sich auch sonst ziemlich verdächtig benommen hat, war die Sache klar. Natürlich nur, wenn man kombinieren kann!»

Der Pate fing an zu schnaufen. Aber diesmal lag es nicht daran, dass er zu viel geraucht hatte. Das wäre im Grunde genommen auch möglich gewesen. Diesmal lag es daran, dass er vor Wut fast kochte.

Da er aber keinen außer Karl sah, an dem er seine Wut auslassen konnte, schrie er: «Na und? Was nützt euch das? Jetzt sitzt ihr trotzdem in der Falle! Wie wollt ihr da wieder rauskommen?»

«Das wirst du gleich sehen!», rief Karl.

Er nahm den Fotoapparat und sendete einen Blitz in den nächtlichen Himmel.

Dann zeigte er einfach nur nach oben. «Schaut euch doch mal um!»

Die Augen des Paten wanderten langsam die Mauern hinauf, die sie umgaben.

«Oooh!», sagte er. Und danach blieb sein Mund für eine ganze Weile offen.

Auf die Mauer kam ein Junge geklettert. Dann noch einer und noch einer. Schnell wurden es vier, acht, sechzehn und immer mehr.

Die Besteigung der Mauer wollte gar kein Ende nehmen. Wenige Minuten später waren die Umzingler selbst umzingelt!

Sie sahen sofort, dass jeder Widerstand zwecklos war. Einige von ihnen versuchten durch das Tor zu fliehen. Aber da mussten sie erkennen, dass ihre Gegner einfach überall waren. Die Eisentür wurde strengstens bewacht.

Alles war so schnell gegangen, dass nicht einer der Einbrecher auch nur ein Wörtchen gesprochen hatte.

Alle standen sie wie versteinert da: Don Prahlboro hatte immer noch seine Beute unter dem Arm, der Vermummte war immer noch vermummt, und der Pate hatte seinen Mund so weit aufgesperrt, als gäbe es ab morgen keine Luft mehr zum Atmen. Er schaute nur zu der Mauer hinauf, von der sich jetzt ein Junge löste und mutig heruntersprang.

Wie eine Katze landete der Junge auf dem Boden, richtete sich sofort aus der Hocke auf und zückte ein Messer. Damit ging er schnurstracks auf Markus zu und schnitt ihm die Fesseln durch.

Der Befreite riss sich den Knebel vom Mund und rappelte sich schnell auf.

«Turhan!», rief er. «Wie kommst du denn hierher?»

Der Junge lächelte.

«Wie auf Bestellung!», erklärte er stolz. «Karl hat mich informiert. Ehrensache, dass wir geholfen haben.» Er winkte zu seinen türkischen Freunden hinauf, die oben auf der Mauer hockten und darauf lauerten, dass einer der Gefangenen eine falsche Bewegung machte.

Als er zu Karl kam, reichte er ihm feierlich die Hand und sagte: «Und? Was machen wir jetzt mit denen?»

Karl erwiderte den Händedruck des Freundes und fragte: «Habt ihr auch an den zweiten Teil des Plans gedacht?»

«Klaro», antwortete Turhan. «Maria hat gerade telefoniert. Die Polizei muss jede Sekunde hier sein.»

Karl nickte anerkennend. Zufrieden schaute er zum Paten hinüber, der von einem Schrecken in den anderen fiel.

«Polizei?», stieß er entsetzt hervor. «Sagt bloß, ihr habt die Polizei gerufen?»

Karl lächelte müde. «Ich hab dir doch erklärt, dass ihr in der Falle sitzt.»

Der Pate verzog das Gesicht zu einem falschen freundlichen Lächeln.

«Aber nicht doch!», lenkte er ein. «So war das nicht gemeint. Wir können uns sicher einigen. Wirklich! Seht her! Die schönen Zigaretten. Sind alle für euch. Don Prahlboro, gib sie ihnen. Nun mach schon, du Schlafmütze!»

Karl winkte ab: «Gib dir keine Mühe. Deine Qualmstängel will hier keiner!»

Der Pate gab noch nicht auf.

«Aber du», wandte er sich höflich an Markus. «Du rauchst doch wie ein Schlot. Komm her! Sieh nur! Die schönen Fluppen. Wirst du dir doch nicht entgehen lassen!»

Markus antwortete nicht.

Er griff nur in seine Tasche und holte eine Schachtel Zigaretten hervor. Vor den Augen des Paten zerknüllte er sie und warf sie ihm vor die Füße.

«Hat sich ausgeraucht!», sagte er. «Ich brauch dein Zeug nicht mehr.»

Da wandelte sich der Pate von einer Sekunde zur anderen und zeigte wieder sein wahres Gesicht: «Ihr Weicheier!», brüllte er wütend. «Ihr Waschlappen, ihr Memmen! Ihr seid ja nur viel zu schlapp! Viel zu feige! Viel zu was weiß ich nicht alles! Müsst wohl erst Mami und Papi um Erlaubnis fragen, ihr Weicheier ...!»

Wahrscheinlich hätte er noch Stunden so weitergemacht, wenn nicht plötzlich ein blondes Mädchen in den Hof gerannt wäre.

Lauter, als der Pate je hätte schimpfen können, rief Maria: «Hurra! Hurra! Die Polizei ist da!»

Die Kirchturmuhr schlug zwölf.

Wachtmeister Krüger hatte ein paar Verhaftungen gemacht.

Eigentlich wären es neunundzwanzig gewesen. Aber Karl hatte ihm erklärt, dass die meisten Jungen gar nicht richtig gewusst hätten, was sie da taten. Und da hatte Herr Krüger von einer Anzeige abgesehen und sechsundzwanzig der Jungen gleich wieder laufen lassen.

«Aber nur, wenn ihr so schnell wie möglich in euren Betten verschwindet!», hatte er befohlen.

Das hatten sich die Komplizen nicht zweimal sagen lassen. Sie hatten die Beine in die Hand genommen und waren ratzfatz weg.

So waren nur drei Einbrecher übrig geblieben.

Verzweifelt versuchte der Pate die Schuld auf Markus zu schieben. Der sei ja schließlich auch dabei gewesen. «Mitgehangen, mitgefangen», forderte der Pate.

Aber da hatte er die Rechnung ohne Markus gemacht. Der erzählte dem Wachtmeister, dass er sich bei der Raffia eingeschleust hätte und dass sie nur so den Fall hätten lösen können.

Er fühlte sich überhaupt nicht wohl dabei. Er war im ganzen Gesicht rot angelaufen. Zum Glück war es dunkel, da konnte es keiner sehen.

Der Wachtmeister jedenfalls sah es nicht. Er winkte nur ab und meinte zu Peter: «Die Märchenstunde kannst du dir für deine Kinder aufheben.»

«Ich hab doch gar keine Kinder!», protestierte dieser.

«Eben!», brummte Herr Krüger und befahl: «Abführen!»

Als die Einbrecher im Polizeiwagen verschwunden waren, drehte sich Herr Krüger noch einmal um.

Sein Blick wanderte über die vielen Kinder, die zu nächtlicher Stunde noch auf waren. Er schüttelte in einem fort den Kopf. Maria, Markus und Karl sah er besonders strafend an.

Schließlich meinte er: «So, der Rest kann dann ja wohl bis morgen warten.»

Maria und Karl nickten.

Nur Markus hatte noch etwas auf dem Herzen.

«Nicht ganz, Herr Wachtmeister», sagte er. «Eine Frage noch! Wer war eigentlich der Vermummte? Das möchte ich zu gern heute noch wissen.»

Herr Krüger überlegte, ob er nicht fürchterlich zu schimpfen anfangen sollte. Er überlegte und überlegte, bis er es sich anders überlegte.

Schließlich antwortete er: «Das war ein ganz feiner Sohnemann. Seinem Vater gehört der Supermarkt. Der Junge war für die Einbrecher sozusagen der Schlüssel zum Erfolg.»

«Ach, so ist das», staunte Markus. «Dann wär das endlich auch geklärt.»

«Ja doch!», schimpfte der Wachtmeister nun wirklich. «Alles Weitere morgen auf der Wache!»

«Wie immer bei Eis mit Sahne?», riefen die drei begeistert.

Der Wachtmeister sah sich noch einmal um.

Leise zählte er die vielen Kinder.

«Hab schon verstanden», gab er sich geschlagen. «Sechsundvierzig Portionen Tuttifrutti mit Sahne. Das wird vielleicht was geben. Aber damit ist für heute wirklich

SCHLUSS!»